# Katzen

CHARLES BUKOWSKI

---

Herausgegeben von Abel Debritto

*Aus dem amerikanischen Englisch*
*von Jan Schönherr*

Kiepenheuer & Witsch

MIX
Papier aus verantwortungsvollen Quellen
FSC® C083411
FSC
www.fsc.org

Verlag Kiepenheuer & Witsch, FSC®-N001512

2. Auflage 2020

Titel der Originalausgabe: *On Cats*

Published by arrangement with Ecco, an imprint of
HarperCollins Publishers, LLC
Aus dem amerikanischen Englisch von Jan Schönherr

Umschlaggestaltung: Barbara Thoben, Köln
Umschlagmotiv: © iStock.com/Le_Mon
Alle Fotos © Linda Lee Bukowski, außer S. 92 und S. 123
© Gerhard Klinkhardt
Gesetzt aus der Minion Pro
Satz: Dörlemann Satz, Lemförde
Druck und Bindung: CPI books GmbH, Leck
ISBN 978-3-462-05431-6

# Katzen

## *Das Buch*

Charles Bukowski liebte Pferderennen, Frauen, das Trinken und Katzen. In dieser Anthologie sind alle seine Texte über Katzen versammelt.

## *Der Autor*

Charles Bukowski wurde als Heinrich Karl Bukowski 1920 in Andernach geboren. Sein Vater war ein in Deutschland stationierter GI. Kurz vor Bukowskis drittem Geburtstag zog die Familie in die USA. Nach der Highschool belegte Bukowski Literatur-, Journalistik- und Kunstkurse am Los Angeles City College. Erst Anfang der 70er-Jahre kam der Erfolg als Schriftsteller. Charles Bukowski war mehrmals verheiratet und hatte eine Tochter. Am 9. März 1994 starb er nach schwerer Krankheit.
Weitere Titel von Charles Bukowski: https://bit.ly/2J8GTPs

## *Der Übersetzer*

Jan Schönherr, geboren 1979, lebt und arbeitet in München, liebt Katzen, hat aber trotzdem einen Hund. Für seine Übersetzungen wurde er mehrfach ausgezeichnet, unter anderem mit dem Bayerischen Kunstförderpreis in der Sparte Literatur.

*Beeker*

## ʃ

Die Lokale waren um diese Zeit schon geschlossen, in die Stadt war es eine lange Fahrt. Auf mein Zimmer konnte ich ihn nicht mitnehmen, also musste ich's bei Millie versuchen. Die hatte immer eine Menge zu essen da. Auf jeden Fall hatte sie *immer* Käse.

Ich hatte recht. Sie machte uns Käsebrote und Kaffee. Die Katze kannte mich und sprang mir auf den Schoß.

Ich setzte sie wieder auf den Boden.

»Schauen Sie mal, Mr Burnett«, sagte ich.

»Gib Pfötchen!«, befahl ich der Katze. »Pfötchen!«

Die Katze rührte sich nicht.

»Komisch, sonst macht sie das immer«, sagte ich. »Pfötchen!«

Ich musste daran denken, wie Shipkey Mr Burnett erzählt hatte, dass ich mit Vögeln rede.

»Komm schon! Gib Pfötchen!«

Langsam kam ich mir ziemlich dämlich vor.

»Na los! Pfötchen!«

Ich beugte mich ganz dicht neben ihren Kopf und gab noch einmal alles.

»Gib Pfötchen!«

Die Katze rührte sich nicht.

Ich setzte mich wieder und griff nach dem Käsebrot.

»Katzen sind eigen, Mr Burnett. Da weiß man nie. Millie, leg Tschaikowskis Sechste für Mr Burnett auf.«

Wir lauschten der Musik. Millie kam zu mir und setzte sich auf meinen Schoß. Sie trug nur ein Negligé. Sie lehnte sich an mich. Ich legte das Sandwich zur Seite.

»Achten Sie«, sagte ich zu Mr Burnett, »auf den Abschnitt, der das Marschmotiv in die Sinfonie einführt. Meiner Meinung nach eins der schönsten Motive der Musikgeschichte. Abgesehen von der Kraft und Schönheit ist die Struktur einfach perfekt. Man spürt den Kopf dahinter.«

Die Katze sprang dem Mann mit dem Kinnbart auf den Schoß. Millie drückte ihre Wange an meine, legte mir eine Hand auf die Brust. »Wo hast du gesteckt, Baby Boy? Hast Millie gefehlt, weißt du.«

Die Platte ging zu Ende, und der Mann mit dem Kinnbart nahm das Tier vom Schoß, stand auf und drehte sie um. Besser, er hätte die zweite Platte aus dem Album genommen. So würde der Höhepunkt viel zu früh kommen. Aber ich sagte nichts, und wir hörten den Rest.

»Wie fanden Sie's?«, fragte ich.

»Gut! Sehr gut!«

Die Katze saß zu seinen Füßen.

»Pfötchen! Gib Pfötchen!«, sagte er zu ihr.

Die Katze gab Pfötchen.

»Schauen Sie«, sagte er. »Mir gibt sie Pfötchen.«

»Pfötchen!«

Die Katze machte eine Rolle.

»Nein, *Pfötchen!* Gib Pfötchen!«

Die Katze rührte sich nicht.

Er beugte sich hinab ans Ohr der Katze.

»Pfötchen!«

Die Katze streckte ihm die Pfote mitten in den Kinnbart.

»Haben Sie gesehen? Sie gibt mir Pfötchen!« Mr Burnett schien zufrieden.

Millie drückte sich an mich. »Küss mich, Baby Boy«, sagte sie. »Küss mich.«

»Nein.«

»Mein Gott, was hat dich'n geritten, Baby Boy? Angefressen? Irgendwas is heute mit dir, das seh ich doch. Millie kannst du's doch sagen. Millie würd alles für dich tun, Baby Boy, weißt du doch. Was is los? Hm?«

»Jetzt lasse ich die Katze eine Rolle machen«, verkündete Mr Burnett.

Millie schlang die Arme um mich und sah mir von oben in die Augen. Tieftraurig sah sie aus und mütterlich und sie roch nach Käse. »Erzähl Millie, was dir an die Nieren geht, Baby Boy.«

»Rolle!«, befahl Mr Burnett der Katze.

Die Katze rührte sich nicht.

»Also«, sagte ich zu Millie. »Siehst du den Mann da?«

»Klar seh ich den.«

»Das ist Whit Burnett.«

»Und wer is das?«

»Der von der Zeitschrift. Dem ich meine Storys schicke.«

»Du meinst der, der dir immer diese kleinen Briefchen schickt?«

»Absagen, Millie.«

»Der ist gemein. Den mag ich nicht.«

»Rolle!«, befahl Mr Burnett der Katze. Die Katze machte eine Rolle. »Schauen Sie!«, rief er. »Sie hat's gemacht! Die würde ich gern kaufen! Großartig ist die!«

Millie hielt mich noch fester und sah mir tief in die Augen. Ich war völlig hilflos. Ich fühlte mich wie ein noch lebender Fisch auf dem Eis in der Auslage beim Metzger am Freitagvormittag.

»Hör mal«, sagte sie. »Ich kann machen, dass der 'ne Story von dir bringt. Ich kann machen, dass er *alle* bringt.«

»Schauen Sie, wie ich die Katze rollen lasse!«, sagte Mr Burnett.

»Nein, nein, Millie, du verstehst das nicht! Herausgeber sind nicht so wie normale käufliche Geschäftsleute. Herausgeber haben *Bedenken!*«

»Bedenken?«

»Bedenken.«

»Rolle!«, sagte Mr Burnett.

Die Katze rührte sich nicht.

»Kenn ich mich aus mit, mit *Bedenken!* Keine Sorge, Baby Boy. Ich mach, dass der *alle* deine Storys bringt.«

»Rolle!«, befahl Mr Burnett der Katze. Nichts.

»Nein, Millie, das erlaub ich nicht.«

Sie war komplett um mich herumgewickelt. Ich bekam kaum noch Luft, und ziemlich schwer war sie auch. Mir schliefen schon die Beine ein. Millie drückte ihre Wange an meine und rieb mir über die Brust. »Du hast nichts zu melden, Baby Boy!«

Mr Burnett beugte sich ans Ohr der Katze. »Rolle!«

Die Katze streckte ihm die Pfote mitten in den Kinnbart.

»Ich glaube, die will was zu essen«, sagte er.

Damit setzte er sich wieder hin. Millie ging zu ihm und setzte sich auf sein Knie.

»Woher ham Sie denn den süßen Kinnbart?«, fragte sie.

»Entschuldigung«, sagte ich, »ich hol mir nur schnell ein Glas Wasser.«

Ich ging in die Küche, setzte mich auf einen Stuhl und betrachtete das Blumenmuster auf dem Küchentisch. Mit dem Fingernagel versuchte ich, es abzukratzen.

Es war schon schwer genug, Millies Liebe mit dem Käseverkäufer und dem Schweißer zu teilen. Diese Millie mit den Kurven bis runter zu den Hüften. Verdammt. Verdammt.

ʃ

Eine Katze geht vorbei und schüttelt sich
Shakespeare
vom Rücken.

Ich will nicht zeichnen
wie Mondrian,
ich will zeichnen wie ein Spatz im Magen einer
Katze.

ʃ

## *telefongespräch*

daran wie die Katze kauerte
sich an den Boden drückte
sah ich ihren Beutewahn;
und als mein Auto näher kam
erhob sie sich im Zwielicht
und machte sich davon
einen Vogel im Maul
einen ziemlich großen grauen,
die Flügel schlaff wie zerbrochene Liebe,
Reißzähne im Leib
noch ein Rest Leben
aber nicht viel
nicht sehr viel.

die zerbrochene Turteltaube
die Katze geht mir durch den Kopf
und ich kriege sie nicht raus:
das Telefon klingelt,
ich antworte einer Stimme,
doch immer wieder sehe ich die Katze
und die schlaffen Flügel

die schlaffen grauen Flügel,
dieses Ding, gefangen
in einem gnadenlosen Kopf;
es ist die Welt, es ist die unsere;
ich lege auf
und die Katzenwände meines Zimmers
rücken um mich näher
und ich würde ja schreien
aber es gibt Orte für Leute
die schreien;
und die Katze geht
die Katze geht für immer
durch mein Hirn.

---

Ich sah diesen Vogel und hatte meine Hände am Lenkrad, und ich sah die Flügel, und sie hingen herab wie zerbrochene Liebe, die Flügel sagten das, und die Katze schlich von den Reifen meines Autos weg, wie eine Katze eben schleicht, und mir ist schlecht, während ich das hier schreibe, und all die zerbrochene Liebe der Welt und all die zerbrochenen Turteltauben, und der Himmel sagte das, verhangen von Smog und billigen Wolken und scheußlichen Göttern.

ʃ

Gestern auf der Heimfahrt sah ich einen Vogel. Im Maul einer Katze, die auf der Straße kauerte, darüber die Wolken, darüber das Abendrot, die Liebe und Gott, und die Katze sah mein Auto und stand auf, stand toll wie eine Katze auf, den Rücken steif wie wahnwitzige Liebeslaster, und ging zur Bordsteinkante, und ich sah den Vogel, ein großer grauer, schlaffe, gebrochene Flügel, groß und hängend, gespreizte Federn, noch am Leben, durchbohrt von Katzenzähnen; und keiner sagte was, die Ampel sprang um, mein Motor lief, und die Flügel diese Flügel in meinem Kopf …

ʃ

## *die Katze*

diese Katze lungert an der eisernen Feuertreppe
und sie ist gelb wie die Sonne
und noch nie hat sie einen Hund gesehen in
  diesem Teil
der Stadt, und Junge, ist die fett,
vollgestopft mit Ratten und Leckerbissen aus
  HARVEY'S BAR
und ich bin diese Feuertreppe rauf
um eine Lady im Hotel zu treffen
und sie zeigt mir Briefe von ihrem Sohn
in Frankreich, und es ist ein winziges Zimmer
voller Weinflaschen und Schwermut,
und manchmal lass ich ihr ein bisschen Geld da,
und wenn ich die Feuertreppe wieder runtersteige
ist da wieder die Katze und
reibt sich an meinen Beinen, und
wenn ich zum Auto gehe
folgt sie mir, und ich muss aufpassen
wenn ich anfahre, aber nicht zu sehr:
sie ist nicht blöd, sie weiß,
das Auto ist nicht ihr Freund.

und eines Tages wollte ich die Lady treffen
und sie war tot. also, sie war nicht da,
ihr Zimmer war leer. eine innere Blutung,
hieß es. und das Zimmer war jetzt zu haben.
tja, Trübsal blasen nutzt nichts. ich stieg
die eisernen Stufen hinab, und da war die Katze.
Ich hob sie hoch und kraulte sie, aber komisch,
es war nicht dieselbe Katze. ihr Fell war störrisch
und die Augen böse. Ich ließ sie fallen
und sie rannte weg und blitzte mich an.
dann stieg ich ins Auto
und fuhr fort.

*Feathers*

# ʃ

Die Araber bewundern die Katze, sehen herab auf Frauen und Hunde, weil die Zuneigung zeigen und Zuneigung, finden manche, ein Zeichen von Schwäche ist. Vielleicht stimmt das ja auch. Ich zeige nicht zu viel davon. Meine Frauen und Freundinnen klagen, weil ich meine Seele für mich behalte – und meinen Körper, vielleicht, puritanisch hergebe; aber zurück zur vrdmtn Katze. Eine Katze ist nur SIE SELBST. Darum lässt sie auch den armen Vogel, wenn sie ihn hat, nicht wieder los. Das steht für die mächtigen Kräfte des LEBENS, die nicht loslassen. Die Katze ist der »beutiful devil«. Hier können wir das Wort sogar ohne »a« verwenden. Manche Hunde und Frauen kriegt man dazu loszulassen – und sie lassen auch los. Aber eine Katze, Scheiße, wenn die Blitzwände der Häuser lang in Trümmern liegen, schnurrt die immer noch in ihre Milch. Katzen fressen einen auf, wenn man tot ist. Völlig egal, wie lange man zusammengelebt hat. Einmal ist ein alter Mann allein wie Buk gestorben, und eine Frau hatte er nicht, aber eine Katze, und allein ist er gestorben, und erst nach Tagen Tagen Tagen fing der arme Alte an zu stinken, nicht seine Schuld, aber die Erde drehte sich und fegte die Reste von dem weg, was lebende irdische Geister hätten begraben sollen, und die Katze, roch gut für sie, Gestank von totem Fleisch, und als man sie fand, fuhr sie die Krallen aus, hing unter der Matratze felsenfest, biss sich durch die Matratze, hing daran wie eine Muschel am Fels, und sie konnten sie weder wegknüppeln noch wegstemmen, noch wegbrennen, und sie mussten sie einfach zusammen mit der verdammten Matratze wegwerfen. Irgendwann in einer Mondnacht, als der Tau von Mond und Blättern den Geruch des Todes abkühlte, hat sie wohl losgelassen.

Es gibt in einer Katze keine Geister oder Götter, such gar nicht danach, Shed. Eine Katze ist das Urbild ewiger Maschinerie, so wie das Meer. Das Meer ist auch hübsch anzusehen, aber man streichelt es nicht, eine Katze schon – warum? – NUR, WEIL SIE ES ZULÄSST. Und eine Katze kennt niemals Angst – letztlich – sie wickelt sich nur zur Spirale aus Meer und aus Fels, und noch im Kampf auf den Tod denkt sie an nichts als an die Herrlichkeit der Finsternis.

*ʃ*

*Der Katze, die den Vogel tötet,*
*bin ich nicht immer böse,*
*nur der Katze,*
*die mich tötet …*

freund Mond, Freund Katze, ihr erbittet keine
Gnade, Gigs oder Geschenke
bloß Langeweile und Lavendel. und Häuser.
büsche. streifzüge
wie im Goldfischglas.
o Pfeife paffende Jünglinge aus
Princeton
o paffende Jünglinge aus Harvard
scharrt nach Sicherheit in Büchern
für Freund Mond, Freund Katze
habt ihr keine Berechtigung
seid ihr bloß pink, puffig und pastellig
Wolken
nutzlos wie die Unterwäsche meiner Freundin
auf dem Boden oder meine Freundin auf dem
Boden die pufft und pafft bis zur Explosion
wie Ottorino Respighis *Pinien von Rom.*

… baum voller Vögel macht Gerechtigkeit.
oder Boden voller Würmer.
oder Leute voller Boden.

berechtigung

über einen Mitternachtsteppich gehen wir
weder betrunken noch beträumt oder betäubt.
und wenn das Fenster knallt
mit dem hauter und dem Furz einer Kanone
oder wenn die Hupe phallushaft die Tröte pafft
oder das Nashorn brüllt in seinem
  Eisschaumtraum,

brüllt wie das Haar auf deinem Arm
der die Nadel auf Kabalewskis *Komödianten* setzt
während die 10-Cent-Stücke anfangen zu atmen
und die arme alte Dolores Costello
im Schrank liegt, auf eine alte Spule aufgerollt
wie eine Angelschnur.

ich bin bei euch … Freund Mond und Katze:
ein Ohr, ein Auge richten wir
seelenruhig auf deren Story, dann
gehen wir weiter, Mond und Katze

vorbei
am Brennen der alten Jungfer
vorbei an van Goghs und Rembrandts,
die hängen wie Laub …

hoch hinauf aufs Dach, heut Nacht;
zu Kontinenten der Exaktheit,
zum Klang, der die Welt im Kreis dreht.

ʃ

Vor die Katzen gegangene Vögelchen singen weiter in meinem Kopf.

ʃ

*wie Feuer zum Leben erschreckt*

voll bitterlicher Göttlichkeit streift
mein Kater durch die Gegend

er streift und streift mit
Knopfaugen und
aufgestelltem Schwanz

er ist
lebendig
üppig und
endgültig wie ein Zwetschgen-
baum

wir verstehen beide nichts
von Kathedralen und auch nicht
den Mann da draußen
der seinen Rasen
wässert

wenn ich so sehr Mann wäre,
wie er ein Kater ist –
wenn es solche Männer gäbe,
mit der Welt könnte es
losgehen

er springt auf die Couch
und streift durch
Säulengänge meiner
Anbetung.

*ʃ*

*ich bin geboren, um Rosen die Avenues der Toten hinabzutreiben*

2
du hast einen Katzenstreit verpasst der Graue war
müde sauer Schwanz in der Luft und er alberte
mit der Schwarzen rum die nicht wollte
dass man sie nervt und dann die Schwarze
dem Grauen hinterher und einmal mit der Pfote
    der Graue machte *jaau*
rannte davon hielt an kratzte sich hinterm Ohr
schnippte einen Strohhalm schoss in die Luft und
zog besiegt und Pläne schmiedend ab gerade als
eine Weiße (eine andre) schnell hinter
dem Zaun langrannte und einem
Grashüpfer nachjagte während jemand Mr
Kennedy erschoss.

ʃ

Die Fabriken, die Gefängnisse, die trunkenen Tage und Nächte, die Kliniken haben mich ausgelaugt und durchgeschüttelt wie eine Maus im Maul einer *hip-cat:* das Leben.

ʃ

*die perfide Tugend die Leidenden*
*zu retten*

früher klapperdürr und nervenschwach
wie ein Musiker am Hungertuch
ich hab ihn gut gefüttert
und inzwischen ist er fett
wie ein Ölbaron aus Texas und weniger
nervenschwach
aber immer noch ein
Kauz.

oft wache ich in meinem Bett auf
und seine Nase stupst an meine
Nase und diese
gelben großen Augen
STRÖMEN
in die Überbleibsel meiner Seele
und ich rufe –
    runter, Mistvieh!
    mach deine Nase weg von meiner
    Nase!

schnurrend wie eine Spinne voller
Fliegen trollt er sich dann ein
bisschen.

gestern lag ich in der Wanne
und er stolzierte rein
breite Brust
schlagender Schwanz
und ich lag da
rauchte Zigarre und las den
NEW YORKER
und er sprang auf den Rand der
Wanne
balancierte auf dem glatten Elfenbein
buckelte
und ich erklärte ihm,
  Sie, mein Herr, sind eine Katze, und Katzen
  mögen Wasser nicht.
doch er ging rüber zu den Hähnen
hielt sich mit seinen schwarzen Pfoten daran fest
und der Rest von ihm hing
kopfüber
schnüffelte am Wasser und das Wasser war
HEISS und er trank davon
die dünne rote Zunge
schüchtern und ein kleines Wunder
tauchte ein ins heiße Wasser
und er hörte nicht auf zu

schnüffeln
staunte was ich da drin machte
was ich daran so toll fand
da fiel der fette weiße Trottel
selbst hinein! –
wie ein nasser Blitz
waren wir alle draußen;
Kater, ich, Zigarre und NEW YORKER
fauchend, schreiend, spotzend, triefend
da platzte meine Frau herein
  MEIN GOTT! WAS IST LOS? WAS IST LOS?
ich sprach durch die zerfallende Zigarre:
  nicht mal in der Badewanne
  hat man seine Ruhe, das ist los!
sie lachte uns bloß aus
und der Kater war nicht einmal sauer
er war noch immer nass und fett
bloß der Schwanz
sah jetzt beinah so dürr aus wie der
einer Ratte und erbärmlich und
er leckte sich.
ich trocknete mich ab,
ging ins Schlafzimmer
stieg ins Bett
und suchte meine Stelle in der
Zeitschrift.

aber die gute Stimmung war hinüber
ich legte das Heft weg
und glotzte an die Decke
rauf in den Himmel wo angeblich Gott
ist
da hörte ich es:
MIIIAAAUUU!

der nächste Streuner, der vor meiner Tür steht,
bleibt
Streuner.

*ʃ*

## *porträt einer Seele für Fliegen*

er ist ein Mann im fadenscheinigen Unterhemd
verblasster
Revolution
bringt die Mathematik seiner Verderbtheit bis
auf die
letzte Null
und als ich heute früh erwachte, den Geschmack
von Lachs
auf der Zunge,
dachte ich an ihn
obwohl mir schien, ich bräuchte einen Priester
oder zumindest seine Hausfrau
um meinen Weichteilen wieder einen Spritzer
Würde einzustreicheln

in der Hand hält er den Brief
von einem reichen Mann aus Santa Fe:
»du lässt nach, du lässt nach, V. und ich,
langjährige Fans von dir,
sorgen uns ernsthaft über deinen künstlerischen

Niedergang – auch wenn du nach wie vor
immer beliebter wirst. geh doch mal
zum Psychiater und lass dir den Stock
aus dem Arsch ziehen.
J.«

spinnenkrabbelig regen sich die Alka-Seltzer
und sein weißer Kater sitzt im Fenster
blickt ihn an
hübscher Kerl, mein Kater, denkt er
mein Kater muss es nicht immer wieder
SCHAFFEN
in der guten alten Tretmühle Amerika
und er steckt die Nase
seine gute alte amerikanische Nase
in die säuerlichen Bläschen, die der Kater
niemals braucht
und trinkt die Bläschen
während Schweiß von 18 Bier und dem Pint Scotch
von gestern Abend
sich über Hals und Ohren quälen

Freddy den Scheißeschmeißer sollte ich anrufen
einen Messingberg sollte ich finden und
meine Klinkenputzer-
Psyche darunter verstecken

ein Vogel fliegt draußen aus den Büschen auf
kurz genau zwischen ihm und der Sonne
und das Schwarz eines riesigen Flügelschattens
streift über ihn hinweg
streift über die Schwelle –

der Kater springt gegen das Fliegengitter
und alles ist älter als die Normandie und
Stalingrad
und der Bombenhagel auf die Häfen

Winston Churchill
mit Kinderhirn
Sabber am Kinn
winkt der liebesbenebelten Menge
aus dem hohen Fenster zu
und dann ist er tot
wie fast alles
andere

der Mann im fadenscheinigen Unterhemd aber:
sein Kater ist wütend
das Fliegengitter hat ihn betrogen
und die gelben Kateraugen wenden sich ihm zu
wie die Augen des Ladeninhabers
der ihn mal wegen Faulenzens im Lagerraum
gefeuert hat

»scheiß auf dich«, sagt er zum Kater, »und scheiß auf die unbegabten Geißeln meiner bröckelnden Begabung.«

30 Minuten später
ist die erste Flasche Bier
besser als jeder Sex auf dieser Welt
mit jeder fettärschigen Kuh
der er je die Seide und die Spitzen
vom Leib gerissen hat

er geht ins Schlafzimmer wo seine Frau
sein Kind in ihrem Bauch wiegt
nimmt ihr die Zigarette aus der Hand
führt sie zum Mund
und hustet hustet hustet
und immer noch die bröckelnde Begabung
das Husten kenn ich doch, denkt er:
ein Pferd klotzt einen Speichelstrom durch
eisernes Gebiss
zieht seine erste Schrottkutsche
durch eisigen, zwecklosen Morgen
in irgendeiner kleinen Stadt
wo nur ein einziger Mann einen
Mercedes hat

er schwitzt
stinkt sicher auch
doch die Wände sind höflich
und in der Hand hält er eine halbe Flasche Bier
und die Frau sagt:
»ich hoffe, du hast das gestern Abend alles
nicht so ernst gemeint.«

»ach, nur die guten sachen.«

»ha, das engt es natürlich ein.
trinkst du heute nicht?«

»nur ein bisschen, Süße. ich bin feige.«

»fütter die Katze.«

»klar.«

an der Tür, ein Junge von der Western Union.
er gibt ihm ein
dürftiges Trinkgeld und der Junge läuft davon
schwitzend
der amerikanische Gipfelstürmer
Gott schütze ihn

EINSENDESCHLUSS FÜR UNSERE SEPTEMBER-
AUSGABE MIT LYRISCHEN ERSTVERÖFFENT-
LICHUNGEN IST DER 17. AUGUST WÜRDEN
UNS ÜBER IHREN BEITRAG ZU DIESER
EINZIGARTIGEN AUSGABE FREUEN
BESTE GRÜSSE
GENE COLE INTERMISSION MAGAZINE
3212 NORTH BROADWAY
CHICAGO
ILL

»ist jemand gestorben?«

er reicht ihr das
Telegramm

»oooh, du bist berühmt!«

»ich seh's schon vor mir: Genet, Sartre und ich, wie wir einen trinken in einem Straßencafé in *Pariii.*«

»wer sind die?«

»niemand. andere Genii.«

»aha. na ja, fütter die
Katze.«

also fütterte ich die Katze
trank noch mal 18 Dosen Bier und
schrieb
das hier.

ʃ

sachte gestreift, schlafende
Blume, wache ich auf

der Jäger schleicht vor meinem Fenster
4 Tatzen stocksteif in der hellen Stille einer
gelblich blauen
Nacht.

grausame Fremdheit breitet sich in Kriegen aus, in
Gärten –
die gelblich blaue Nacht
explodiert vor meinen Augen,
atomar, chirurgisch,
voll salziger, sternklarer
Teufel …

dann springt die Katze auf den
Zaun, ein kugelrundes Elend,
dumm, einsam …
schnurrbärtig wie eine alte Frau im
Supermarkt
und nackig wie der
Mond.

einen Augenblick lang bin ich
überglücklich.

*Ting*

ʃ

ich halte nichts von Liebe als Gebot, als Suche. sie muss zu einem kommen wie eine hungrige Katze an die Tür.

ſ

## *die Spottdrossel*

die Spottdrossel war der Katze gefolgt
den ganzen Sommer lang
hat gespottet gespottet gespottet
großmäulig neckisch;
die Katze kroch unter Veranda-Schaukelstühle
schlug mit dem Schwanz
und sagte etwas ziemlich Wütendes zur Drossel
das ich nicht verstand.

gestern kam die Katze seelenruhig die
Einfahrt rauf
die Spottdrossel im Maul, noch lebend,
die Flügel, die herrlichen Flügel wie
wippende Fächer
die Federn gespreizt wie Frauenbeine,
und die Drossel spottete nicht mehr,
sie bettelte, betete,
doch die Katze
durchschritt Jahrhunderte und
hörte ihr nicht zu.

sie kroch unter ein gelbes Auto
mit dem Vogel und
überließ ihn einem anderen Ort.

der Sommer war vorbei.

ʃ

## *dem Kater auf die Eier schauen*

hier am Fenster sitzend
Bierschweiß schwitzend
vom Sommer zerfleischt
schaue ich dem Kater auf die Eier.

ich habe keine Wahl.
er schläft auf einem alten Schaukelstuhl
auf der Veranda
und von da sieht er mich an –
über die Schulter –
an seinen Katereiern hängend.

da ist sein Schwanz, das blöde Ding,
baumelt knapp daneben
herum –
neben diesen pelzigen Tanks –
woran soll man schon denken
mit Katereiern vor der Nase?
bestimmt nicht an gesunkene Flotten
großer Seeschlachten.
bestimmt nicht an Hilfe für die
Armen.

bestimmt nicht an Blumenmärkte oder einen
Liter Milch.
bestimmt nicht an einen kaputten Lichtschalter.

eier sind Eier, sonst nix –
vor *allem* Katereier,
meine sehen eher knautschig aus
und sind, behaupten meine Zeitgenossen,
*ziemlich* groß:
»du hast ganz schön Eier in der Hose, Bukowski!«

aber die Katereier:
ich kapiere nicht, ob er an ihnen hängt
oder sie an ihm –
weißt du, fast jeden Abend gibt es einen Kampf
ums Weibchen –
und da haben wir's alle nicht leicht.

weißt du –
ihm fehlt ein Stück vom linken Ohr;
einmal dachte ich, eins seiner Augen wäre
ausgekratzt
aber als der dicke Schorf sich
eine Woche später löste
sah mich ein reines
grüngoldenes
Auge an.

am ganzen Körper ist er wund gebissen,
und als ich ihm neulich über
den Kopf streicheln wollte
fauchte er und schnappte –
ohne zu bluten war das Fell am Schädel
bis auf den Knochen aufgerissen.
wir haben's alle nicht leicht.
diese Katereier, armer Kerl.

er schläft jetzt, träumt –
von was? – von einer fetten Spottdrossel im
  Maul? –
oder wie rollige Katzen ihn umzingeln? –
tagsüber träumt er
und erfährt die Wahrheit
heute Abend.

viel Glück, alter Kumpel,
man hat's nicht leicht,
an unsern Eiern hängen wir, genau,
wir hängen an unseren Eiern,
und ich könnte auch ein bisschen was vertragen –
inzwischen –
achte auf die Augen und führe mit der Linken
und lauf wie der Teufel
wenn sonst nichts mehr hilft.

ʃ

*wirklich merkwürdig*

gestern Abend
saß ich im Dunkeln auf dem Sessel
und tat gar nichts
da drangen fürchterliche Folterlaute
aus dem Gebüsch
vor meinem
Fenster.
eindeutig nicht Kater und Katze
sondern
Kater und
Kater
und wie es klang
war einer der beiden deutlich
größer und ging auf den anderen los,
fest entschlossen ihn
zu töten.
ich saß da. dann war
Schluss.

dann ging es wieder los
schlimmer als zuvor;
es klang so fürchterlich,
ich konnte mich nicht
rühren.

dann war wieder Schluss.

ich stand auf
ging ins Bett und
schlief.

ich träumte. ein kleiner, winzig kleiner
Kater kam im Traum zu mir
und er war sehr
traurig. er sprach mich an und sagte:
»schau, was der andere mir angetan hat.«
und er drehte sich auf meinem Schoß
und ich sah die Schnitte und
die Schrammen. dann sprang er
mir vom Schoß.

das war alles.

um 8.45 Uhr bin ich aufgewacht
zog mich an, ging hinaus und
sah mich um.

nichts.
ich ging wieder rein, gab zwei Eier
in einen Topf voll Wasser
und
drehte die Hitze auf.

ʃ

# *nasser Abend*

die Tage.
sie saß rum, blies Trübsal
nichts mit ihr anzufangen.
es regnete.
sie stand auf und ging.
ist's also wieder mal so weit, dachte ich,
griff mir mein Glas, drehte das Radio auf,
nahm den Schirm von der Lampe und
rauchte Zigarre, billig, schwarz und bitter,
importiert aus Deutschland.
da klopfte es an der Tür
und ich öffnete die Tür
ein kleiner Kerl stand da im Regen
sagte:
haben Sie eine Taube vor dem Haus gesehen?
ich sagte, ich hätte keine Taube vor dem
Haus gesehen
und er sagte, wenn ich eine Taube vor dem
Haus sähe
solle ich's ihm sagen.
ich schloss die Tür und

setzte mich
da sprang durchs Fenster eine schwarze
Katze, war mit einem Satz auf meinem
Schoß und schnurrte, ein wunderschönes Tier,
ich ging mit ihr in die Küche und wir aßen jeder
eine
Scheibe Schinken.
dann knipste ich überall das Licht aus
und ging ins Bett
und die schwarze Katze legte sich zu mir
und schnurrte
und ich dachte, ha!, die hat mich gern,
da fing sie an zu pissen,
pisste mich voll und die ganze Bettwäsche,
die Pisse lief mir über Bauch und Seite
und ich rief: hey, was soll das?
ich hob die Katze hoch, trug sie zur Tür
und warf sie in den Regen
und dachte, wirklich seltsam, dass diese Katze
mich so anpisst
Pisse kalt wie Regen.
dann rief ich sie an
sagte, hör mal, was soll das? bist du jetzt
völlig durchgeknallt?
ich hängte auf und zog das Bett ab
legte mich hin und lauschte auf den Regen
manchmal weiß man einfach nicht mehr,
was man tun soll

und manchmal ist es besser, still zu liegen
und möglichst an gar nichts zu denken
an rein gar nichts.

die Katze hat jemandem gehört
sie hatte ein Flohhalsband.
bei der Frau
bin ich nicht sicher.

ʃ

[…]
katzen killen Katzen gegen
drei Uhr morgens
kauen Vorder-
beine ab und springen
einander an den Hals
lassen Fell zurück
und steife Knochen
für Sammler von
Unrat und längst
erloschenem Leben.

ʃ

## *überall kleine Tiger*

Sam, der Mann vom Puff,
hat quietschende Schuhe
und er geht hin und her
über den Hof
quietscht und redet mit
den Katzen.
er wiegt 140 Kilo
ein Killer
und er redet mit den Katzen.
er trifft die Frauen vom Massage-
salon und hat keine Freundinnen
kein Auto
er trinkt nicht und nimmt keine Drogen
seine größten Laster sind
auf einer Zigarre rumzukauen und
sämtliche Katzen des Viertels
zu füttern.
manchmal wird eine Katze
trächtig
und mit der Zeit werden es
immer mehr und mehr und

immer wenn ich meine Tür aufmache
laufen ein oder zwei Katzen
rein und manchmal, da
vergess ich, dass sie da sind, und
sie scheißen unters Bett
oder ich wache mitten in der Nacht auf,
weil ich was höre
springe auf mit meinem Messer
schleiche in die Küche und
da spaziert eine der Katzen
von Sam, dem Mann vom Puff,
über die Spüle oder sitzt
oben auf dem Kühlschrank.

Sam betreibt das Freudenhaus
gleich hier um die Ecke
seine Mädchen stehen vor
dem Eingang in der Sonne
und die Ampeln springen von
Rot auf Grün auf Rot auf Grün
und all seine Katzen
tragen einen Teil des Sinns in sich
wie die Tage und die Nächte.

ʃ

liebe ist: die platt gewalzten Katzen
des Universums

*Diese 1966 an Sheri Martinelli geschickte Zeichnung einer Katze ist die einzige von Bukowski bekannte. Andere Versuche, Katzen zu zeichnen, endeten – wie das Bild auf der Titelei – stets als Hunde.*

ſ

Ich ging in die Küche, öffnete ein Döschen Vitamin-E-Pillen, jeweils 400 IE, und spülte ein paar mit einem halben Glas Perrier runter. Das würde ein guter Abend für Chinaski werden. Die Sonne fiel schräg durch die Jalousien, warf ein vertrautes Muster auf den Teppich, und im Kühlschrank kühlte der Weißwein.

Ich öffnete die Tür und trat auf die Veranda. Da saß eine fremde Katze. Ein riesiges Geschöpf, ein Kater, mit glänzend schwarzem Fell und leuchtend gelben Augen. Er hatte keine Angst vor mir. Schnurrend kam er auf mich zu und rieb sich an meinem Bein. Ich war in Ordnung, das wusste er. Tiere wussten so was. Die hatten Instinkte. Ich ging wieder rein, und er folgte mir.

Ich öffnete ihm eine Dose StarKist-Thunfisch-Filets. In Quellwasser eingelegt. Abtropfgewicht 200 g.

ʃ

## *böse Klemme*

den alten Butch, den haben sie abgeklemmt,
die Mädels interessieren ihn
nicht mehr.

als Big Sam auszog
aus dem Hinterhof
erbte ich Big Butch,
70 schon in Katzenjahren,
alt,
abgeklemmt,
aber immer noch so groß und
fies wie eh und
je.

um ein Haar hätte er mir die Hand
abgebissen
die Hand, die ihn füttert
und das nicht bloß
einmal
doch ich hab ihm verziehen
er ist abgeklemmt
und irgendwas in

ihm
sträubt sich
dagegen.

nachts
höre ich, wie er andere Katzen
schindet und durch die Büsche
hetzt.
Butch, noch immer ein prächtiger
alter Kater,
kämpft
sogar noch *ohne.*

was für ein Mistkerl muss er *mit*
gewesen sein
im Alter von 19 oder 20
gemächlich unterwegs auf
seiner Bahn
sogar wenn ich ihn jetzt
ansehe
spüre ich den Mut
und die Kraft
trotz aller Kleinheit des Menschen
trotz aller wissenschaftlichen
Göttlichkeit des Menschen,
der alte Butch
hält fest
hält durch

taxiert mich mit den
bösen gelben Augen
aus dem riesengroßen
unbesiegten
Kopf.

ʃ

## *geschenk*

weißt du
der Typ von hinten ist weg
konnte die Miete nicht zahlen
drum erbte ich diesen
fetten alten Kater
groß wie ein Hund
fies
gelbe Augen
alt, stark und rabiat
und wenn er zulangt mit der
Pfote
wackeln die Wände.
Er heißt »Butch« und er
macht keine Witze
launisch ist er,
hat seine festen Ansichten
irgendwo aufgeschnappt
vor langer Zeit.
manchmal fährt er seinen
eigenen Trip, dann ist er
ganz woanders

ich streichle ihn
und er packt zu
hält meine Hand fest unter
seinem Bauch
die Zähne graben sich
in meinen Handrücken,
halten mich fest,
einfach so,
und er reißt am
Handgelenk
mit den Hinterpfoten,
die Klauen
komplett ausgefahren …
ich lass ihm meine Hand
bis er fertig damit ist
dann
ziehe ich sie weg
blutige Rinnsale
triefen … er
sieht mich nur an.

ich schick ihn dir
in einer leeren Kiste
ganze Mandeln, ungeschält,
schneide Löcher rein damit er
Luft kriegt

aber Vorsicht beim Öffnen des
Deckels.

ich schick ihn dir
rechtzeitig
per Luftpost

öffne die Kiste am
National Poetry Day.

ʃ

## *Butch van Gogh*

kurz bevor wir aus Hollywood weg
sind, hat mein Kater sich gefetzt
und sich ein Boxerohr geholt.
da, wo wir jetzt wohnen,
brachte ich ihn gestern in die Tierklinik.
die hatten Zahnärzte für Tiere
Tierseelenklempner
sogar eine NOTaufnahme
er brauchte eine OP
Narkose
Pillen
Salben.

die Rechnung
kam auf $ 82,50.

»du liebe Zeit«, hab ich gesagt, »das ist ein zehn
Jahre alter
Streuner ohne Eier. davon kriege ich ein
Dutzend für
umsonst.«

der Tierarzt malte mit dem Bleistift kleine Kreise
auf ein Blatt Papier.

»okay«, sagte ich, »machen Sie's.«

»Butch Bukowski«, notierte der Doc den
Patientennamen.

als ich kam, um ihn abzuholen, war sein
Kopf verbunden
und
er sah aus, als ob man ihm den Schädel
aufgebohrt hätte.
eine Schwester trug ihn aus Zimmer 6.

»was haben Sie gemacht?«, fragte ich,
»eine Lobotomie?«

jetzt sitzt er einfach auf dem Ofen und glotzt
mich an.
Butch van Gogh Artaud Bukowski.

ein Freund hat mir einmal gesagt:
»junge, alles, was du anfasst, wird zu Scheiße!«

recht hat er.
ich masturbiere seit dem elften
Lebensjahr.

ʃ

## *ein Leser*

mein Kater hat mir ins Archiv geschissen
er stieg in meine orangefarbene Kiste
von *Golden State Sunkist*
und kackte mir auf die Gedichte
meine handgeschriebenen Gedichte
bestimmt fürs Universitätsarchiv.

dieser einohrige, fette, schwarze Kritiker
hat mich abgeschrieben.

*Butch*

ʃ

## *Manx*

das ist nur ein langer Ruf
aus kurzem Raum.
es erfordert keinerlei
besondere Brillanz
zu wissen, dass
wir wieder mal auf Abwege geraten.
wir lachen immer weniger,
werden vernünftiger.
Wünschen uns nichts als
die Abwesenheit anderer.
sogar die klassische Musik
wurde zu oft gehört,
die guten Bücher sind
gelesen.
wieder kommt uns der Verdacht
wie schon am Anfang
wir seien
sonderbar, abartig, passten
hier nirgendwo hin …
während wir das schreiben
ein hässliches Brummen, etwas
landet in unserem

Haar
verheddert sich.
wir fassen hin
zupfen es frei
und es sticht uns in den Finger.
was hat dieses dahergeflogene
Nichts
denn hier zu suchen, mitten
in der Nacht?
es ist fort …

dort ist eine Schiebe-
tür aus Glas
und draußen
sitzt ein weißer Manx
mit einem schiefen Auge.
die Zunge hängt ihm seitlich
aus dem Maul.
wir schieben die Tür auf
und er huscht herein
die Vorderbeine wollen
in die eine Richtung
die Hinterbeine
in die andere.
jämmerlich gekrümmt
kommt er auf uns zu
flitzt uns die Beine rauf
und auf die Brust

legt uns die Vorderbeine
wie Arme
an die Schultern
streckt die Schnauze
dicht an unsere Nase
und blickt uns an
so gut er kann;
ebenso verdattert
blicken wir zurück.

eines Abends,
alter Junge,
irgendwann,
irgendwie.
zusammen
stecken wir hier fest.

wir lächeln wieder
so wie früher.
plötzlich springt der Manx
mit einem Satz davon und
wuselt seitwärts über den
Teppich, auf der
Jagd nach irgendwas
das keiner von uns
sieht.

Ein internationaler Dieb hat am Montag meinen Lieblingskater überfahren (den Manx). Das Vorderrad ist komplett über ihn drüber. Jetzt ist er in der Klinik. Der Arzt meint, er kann vielleicht nie wieder gehen. Lässt sich noch nicht sagen. Auf dem Röntgenbild sieht man, das Rückgrat ist im Arsch. Eine tolle Katze. Richtig Charakter. Vielleicht kann man operieren, oder ihm Räder anbauen. Auf dem Röntgenbild sieht man auch, dass irgendwer irgendwann auf ihn geschossen hat. Er hatte es nicht leicht.

ʃ

Der Manx geht wieder, wenn auch etwas schief. 7 Tage war er in der Klinik. Ein Wunder, meint der Arzt, dass der Manx wieder geht. Außerdem ist er kein Manx, den Schwanz hat ihm einer abgeschnitten. Siam ist dadrin. Verdammt eigenartiges Tier, höllisch clever. Der Typ, der ihn überfahren hat, kam gestern Abend vorbei, der Manx hat ihn gesehen und flitzte sofort die Treppe rauf und oben hinter die Klotür. Er wusste, wer da am Steuer gesessen hatte.

ʃ

Das ist mal ein schöner Kater. Zunge hängt raus, er schielt. Der Schwanz ist gekappt. Schön ist er, hat was im Kopf. Wir brachten ihn zum Tierarzt, zum Röntgen – ein Auto hatte ihn erwischt. Der Arzt meinte: »Diesen Kater hat man zweimal überfahren, angeschossen, ihm den Schwanz abgeschnitten.« Ich sagte: »Dieser Kater bin ich.« Fast totgehungert stand er vor meiner Tür. Wusste genau, wohin er muss. Wir sind beide Straßenpenner.

ʃ

Der Manx stand eines Tages halb tot vor der Tür. Wir nahmen ihn auf, fütterten ihn fett, dann kam ein besoffener Freund vorbei und überfuhr ihn mit dem Auto. Ich hab's gesehen. Der Kater sah mir dabei direkt in die Augen. Wir brachten ihn zum Tierarzt. Röntgen. In Wahrheit ist er gar kein Manx. Jemand hat ihm den Schwanz abgeschnitten, meint der Arzt. Geschossen hat man auch auf ihn, das Schrot steckt noch im Fleisch, und er kam nicht zum ersten Mal unter die Räder – verheilte Stelle am Rückgrat auf dem Röntgenbild. Ein schiefes Auge hat er auch. Wahrscheinlich wird er nie mehr laufen können, hieß es. Jetzt rennt er umher, schielend, raushängende Zunge. Ein zäher Spinner.

*Manx*

Der schwanzlose, schielende Kater stand eines Tages vor der Tür, und wir ließen ihn rein. Alte rosa Augen. Was für ein Kerl. Tiere sind inspirierend. Sie können nicht lügen. Sind Naturgewalten. Vom Fernsehen werde ich nach fünf Minuten krank, ein Tier kann ich stundenlang betrachten und sehe nichts als Pracht und Anmut, das Leben, wie es sein sollte.

ʃ

## *nachtarbeit*

meine Katze sprang in den Kamin
der brannte
als van Gogh
das Fliegengitter an der Hintertür aufschlitzte
und eintrat
auf der Suche nach der blauen Hure
von nirgendwo

ʃ

Eines Tages stand ich wie üblich wartend rum, sprach nicht mit den anderen und wollte das auch eigentlich nicht mehr, da stürmte Gene auf mich zu. »Hey Henry, komm mit!«

»Was gibt's?«

»KOMM MIT!«

Gene rannte los, ich hinterher. Über die Einfahrt liefen wir in den Garten hinterm Haus der Gibsons. Rings um den Garten hatten die eine große Backsteinmauer.

»SCHAU! ER HAT DIE KATZE IN DER ECKE! ER MACHT SIE KALT!«

Dort in der Ecke stand eine kleine weiße Katze mit dem Rücken zur Wand. Sie konnte weder nach oben noch nach vorne noch zur Seite. Sie buckelte und fauchte, die Klauen ausgefahren. Aber sie war winzig, und Chucks Bulldogge Barney rückte knurrend näher. Mich beschlich das Gefühl, dass die Jungs die Katze selbst dort hingesetzt und dann die Bulldogge geholt hatten. Das starke Gefühl sogar, so wie Chuck, Eddie und Gene jetzt schauten: Sie schauten schuldbewusst.

»Das wart ihr«, sagte ich.

»Nein«, sagte Chuck. »Die Katze ist schuld. Kam von selbst hier rein. Soll sie sich eben wieder rauskämpfen.«

»Ihr seid das Letzte«, sagte ich.

»Barney macht die Katze kalt«, sagte Gene.

»Barney reißt sie in Stücke«, pflichtete Eddie bei. »Er hat Schiss vor den Klauen, aber wenn er einmal richtig zupackt, ist das Ding gelaufen.«

Barney war eine große braune Bulldogge mit breitem, geiferndem Maul. Dumm, fett, leere braune Augen. Unablässig knurrend, pirschte er sich an, die Rückenhaare aufgestellt. Ich wollte ihm am liebsten in den blöden Arsch treten, aber dann hätte er mir das Bein wohl amputiert. Er wollte töten. Die weiße Katze war nicht mal richtig ausgewachsen. Fauchend wartete sie ab, an die Wand gedrückt, so rein, ein wunderschönes Wesen. Der Hund rückte langsam weiter. Was hatten die Jungs bloß davon? Mit Mut hatte das nichts zu tun, es war nichts als ein böses Spiel. Wo waren die Erwachsenen? Wo war die Obrigkeit? Wenn's darum ging, mir auf die Finger zu klopfen, waren sie sofort zur Stelle. Und jetzt? Ich dachte daran, mir die Katze einfach zu schnappen und zu verschwinden, traute mich aber nicht. Ich hatte Angst, die Bulldogge geht auf mich los. Ein furchtbares Gefühl, zu wissen, dass ich nicht den Mumm hatte, das Nötige zu tun. Mir wurde schlecht davon. Ich war schwach. Ich wollte das nicht, aber hatte keine Ahnung, wie ich es verhindern sollte.

»Chuck«, sagte ich, »lass doch die Katze, bitte. Ruf deinen Hund zurück.«

Chuck gab keine Antwort, sah nur weiter zu.

Dann befahl er: »Barney, fass! Pack sie dir!«

Barney preschte los, und die Katze machte einen Satz. Ein zorniges weißes Knäuel aus Fauchen, Zähnen und Klauen. Barney ließ ab, die Katze wich zurück an die Mauer.

»Fass, Barney«, befahl Chuck erneut.

»Verdammt, halt doch die Schnauze!«, rief ich.

»Pass auf, wie du mit mir redest«, erwiderte Chuck.

Barney machte sich wieder zum Angriff bereit.

»Das habt ihr doch selbst eingefädelt«, sagte ich.

Ein leises Geräusch ließ mich über die Schulter blicken. Mr Gibson sah von seinem Schlafzimmerfenster aus zu. Auch er wollte die Katze tot sehen, genau wie die Jungs. Wieso? Der alte Mr Gibson war unser Postbote mit den falschen Zähnen. Er hatte eine Frau, die niemals aus dem Haus ging. Nur, um den Müll rauszubringen. Mrs Gibson trug immer Haarnetz, Nachthemd, Bademantel und Pantoffeln.

Und da kam sie auch schon. Im üblichen Outfit stellte sie sich neben ihren Mann und erwartete den Todesbiss. Der alte Gibson war einer der wenigen Männer im Viertel, die einen Job hatten. Trotzdem musste er sehen, wie die Katze stirbt. Er war genau wie Chuck, Eddie und Gene. Von denen gab es viel zu viele.

Die Bulldogge rückte voran. Ich konnte das nicht mit ansehen. Ich schämte mich in Grund und Boden, die Katze so zurückzulassen. Sicher, sie könnte versuchen zu entkommen, aber das wüssten die Jungs bestimmt zu verhindern. Diese Katze stand nicht nur der Bulldogge gegenüber, sondern der ganzen Menschheit.

Ich wandte mich ab und ging, raus aus dem Garten, über die Einfahrt und zum Bürgersteig, dahin, wo ich wohnte. Dort, im Garten vor seinem Haus, wartete mein Vater.

»Wo hast du gesteckt?«, fragte er.

Ich gab keine Antwort.

»Rein mit dir«, befahl er. »Und schau nicht so zerknirscht, sonst zerknirsche ich dich.«

ʃ

*katzen und Menschen*
*und du und ich und*
*überhaupt alles –*

die Ägypter liebten die Katze
wurden oft mit ihr begraben
statt mit der Frau
und niemals mit dem Hund

und jetzt
hier
sind die guten Menschen
mit den guten Augen
Mangelware

die edlen Katzen aber
lungern elegant
in den Gassen dieses
Universums.

wegen
unseres Streits heute Abend
worum auch immer der sich
drehte
und
egal
wie er uns zugesetzt
hat

denk dran
irgendwo
fügt sich gerade
eine Katze
mit herrlich
wundersamer Leichtigkeit
in den Raum ein
den sie ausfüllt.

anders gesagt
der Zauber bleibt
auch ohne uns bestehen
egal
was wir dagegen tun.

und ich würde die letzte Chance
für mich und dich zerstören
niederbrennen

damit es so
weitergeht.

es gibt keinen
Streit.

Ich fahre nach Hause, biege in die Einfahrt, parke, steige aus, bloß ein alter Matador. Aber drin, kaum ist die Tür auf, springt mir meine liebste weiße Katze, *The Jinx*, in die Arme, und mit einem Mal bin ich wieder verliebt.

*Ting*

ʃ

## *geschichte eines zähen Motherfuckers*

eines Abends stand er vor der Tür, nass, dürr,
geprügelt und
verängstigt.
ein weißer, schiefäugiger Kater ohne Schwanz
ich ließ ihn rein, gab ihm zu fressen und er
blieb,
fasste Vertrauen, bis ein Freund in die Einfahrt
bog und ihn überfuhr
was übrig blieb, trug ich zum Tierarzt, und der
meinte: »sieht nicht gut aus … Vielleicht mit
diesen Pillen … das Rückgrat ist gebrochen, nicht
zum ersten Mal, aber damals irgendwie geheilt,
wenn er überlebt, kann er nie wieder laufen,
hier, die Röntgenbilder, jemand hat auf ihn
geschossen, das Schrot steckt noch im Fleisch …
und er hatte einen Schwanz, den hat ihm einer
abgeschnitten …«

ich brachte ihn nach Hause, es war ein heißer
Sommer, einer der heißesten seit Jahrzehnten,
ich setzte ihn im Badezimmer ab, gab ihm

Wasser und die Pillen, er wollte nicht fressen
und ließ auch das Wasser stehen, ich tauchte
den Finger ein und benetzte ihm das Maul
und sprach mit ihm, ich ging nicht aus dem
Haus, blieb viel im Badezimmer und redete ihm
zu, streichelte ihn, und er sah mich bloß mit
diesen blassen blauen schiefen Augen an, und
nach einigen Tagen rührte er sich zum ersten Mal
zog sich mit den Vorderbeinen vorwärts
(die Hinterbeine wollten einfach nicht)
er schaffte es zum Katzenklo
kletterte über den Rand hinein,
das war, als schallten die
Fanfaren möglichen Triumphs
vom Badezimmer
durch die Stadt, ich fühlte mit ihm – auch ich
war übel dran gewesen, nicht ganz so übel, aber
schlimm genug …

eines Morgens stand er auf, blieb stehen, fiel
wieder hin und
sah mich an.

»du schaffst es«, sagte ich, »du bist ein Guter …«

er versuchte es immer wieder, stand auf, fiel hin,
bis er endlich ein paar Schritte ging, torkelnd, wie
betrunken, die Hinterbeine wollten einfach

nicht, er fiel, ruhte kurz aus und rappelte sich
wieder hoch …

ihr kennt den Rest: Jetzt geht's ihm besser
denn je, schielend, fast keine Zähne, die Anmut
ist zurück, und dieses Etwas in den Augen war
nie weg …

manchmal interviewt man mich, fragt mich
nach Leben und Literatur, und ich besaufe mich
und halte meinen schielenden angeschossenen
überfahrenen entschwanzten Kater hoch und sage
»schaut, schaut euch das an.«

aber sie verstehen nicht, sagen Dinge wie »sie
sind also beeinflusst von Céline …«

»nein.« ich halte die Katze hoch. »von dem,
was passiert, von
so was wie dem hier, dem hier, dem hier! …«

ich schwenke den Kater hin und her, halte ihn ins
verrauchte, betrunkene Licht; er nimmt's locker,
er
kennt sich aus …

ungefähr da ist's mit den meisten Interviews
vorbei.

allerdings bin ich manchmal ganz schön stolz,
wenn ich sie später gedruckt sehe, und da bin ich
und da ist der Kater, wir beide, zusammen auf dem
Foto …

was das für Bullshit ist, das weiß er auch, aber
es bringt Futter in den Napf,
stimmt's?

ſ

## *terminologie*

mein anderer Lieblingskater,
mit dem ging's zu Ende,
und wir gingen ein und
aus beim
Tierarzt
zum Röntgen
Untersuchen
Spritzen
Operieren,
»tun sie alles«,
hab ich dem Doc gesagt
»damit er
durchkommt …«

eines morgens
fuhr ich rüber,
um ihn abzuholen
und die Frau am
Empfang,
voluminös und
eingewickelt in ein weißes

Schwesternoutfit
fragte
»wollen sie ihre
Katze einschläfern lassen?«
»was?«,
fragte ich.

sie wiederholte
ihre Frage.

»einschläfern?«,
fragte ich, »sie meinen
*totspritzen?*«

»ähm, ja.« ein
Lächeln unter den
winzigen Äuglein, dann,
mit einem Blick auf
die Karte in ihrer
Hand, sagte sie
»ah, nein, das war
ja *Mrs Evans*
die das wollte
für ihre
Katze …«

»wirklich?«,
fragte ich.

»tut mir leid«,
sagte sie.

sie ging nach
nebenan mit
ihrer Karte
und ich dachte:
dir tut's leid und mir
tut's leid,
und dein
fetter arsch tut mir
leid
dein gang tut mir
leid
dein bett tut mir
leid
dein leben und dein
tod tun mir
leid
und deine Mrs Evans tut mir
leid
und eure zwei fetten Drecksäcke
die tun mir
leid.

dann ging ich
rüber,
setzte mich

schlug eine
Katzenzeitschrift auf und
wieder zu,
dachte, ist eben
ihr Job; nichts
weiter.
sie tötet nicht
die Katzen,
sie notiert die
Anrufe.

als sie zurückkam
zum Empfang
fand ich sie nicht mehr
ganz so widerlich
und schlug die
Katzenzeitschrift
wieder auf
und blätterte sie
durch
als wäre
alles
vergessen,
was es aber
nicht war,
nicht ganz.

ʃ

## *eins für den alten Knaben*

er war bloß ein
Kater
schielend
schmutzig weiß
mit blassen blauen Augen

ich erspare euch seine
Geschichte
nur so viel:
er hatte jede Menge Pech
und war ein guter
Kerl
und er ist gestorben
wie Menschen sterben
Elefanten sterben
Ratten sterben
Blumen sterben
wie Wasser verdunstet
und der Wind sich legt

letzten Montag hat
die Lunge schlappgemacht.
jetzt liegt er im Rosen-
garten
und in mir wurde
ein anrührender
Marsch für ihn gespielt
was sicher nicht viele
aber bestimmt manche
von euch
interessiert.

das
war's.

*Manx*

ʃ

## *ein Naturgedicht für euch*

ich habe da zwei Kätzchen, die rasend schnell zu
Katzen werden und
wir teilen uns das Bett – das Blöde ist
die zwei sind Frühaufsteher:
oft werde ich wach von Klauen im
Gesicht.

diese beiden!
tun nichts als rennen, fressen, schlafen,
scheißen und
kämpfen
nur ab und zu sind sie ganz still und blicken
mich an
aus Augen
die so viel schöner sind als jedes
menschliche, das ich je
sah.
es sind gute Kerle.

spätabends, wenn ich trinke und tippe
sind sie dabei

zum Beispiel
sitzt eine oben auf der Sessellehne, und die andere
knabbert mir unten an den Zehen.
wir passen von Natur aus aufeinander auf,
wir wissen gern
wo jeder von uns ist und wo alles andere
ist.

dann
legen sie los
flitzen über den Boden
flitzen über die getippten Seiten
hinterlassen Falten und winzige Löcher im
Papier.

dann
hüpfen sie in die Kiste mit den Briefen, die
mir die Leute
schreiben
aber sie beantworten sie nicht, denn sie sind
stuben-
rein.

bestimmt werden sie mir reichlich
Katzengedichte liefern
das hier ist schon mal das
erste.

»mein Gott«, wird es heißen, »Chinaski schreibt
bloß über
Katzen!«
»mein Gott«, hieß es früher, »Chinaski schreibt
bloß über
Huren!«

die Nörgler werden nörgeln und weiter meine
Bücher kaufen: die stehen drauf, wie ich ihnen
ans Bein pinkle.

das ist das letzte von reichlich Gedichten
für heute Abend, es ist noch
ein Schluck Wein da
und die beiden
sind auf meinen Füßen eingeschlafen.
sanft spüre ich ihr Gewicht
ihr Fell
spüre, wie sie atmen;
es passiert viel Gutes, denkt dran,
wenn die Bomben trudeln, in all ihrer
überwältigenden
Stumpfheit
die beiden
da zu meinen Füßen
wissen mehr,
sind
mehr,

und Momente dieses Augenblickes schäumen
immer größer, weiter auf
und eine glückliche Vergangenheit
kriegt keiner
tot.

ʃ

*schlaues Kerlchen*

Wenn ich furze
juckt das meine Katze
einen Scheiß.

*Bhau*

ʃ

## *halsband um*

Ich lebe mit einer Lady und vier Katzen
und an manchen Tagen verstehen wir uns
alle.

an manchen Tagen hab ich Ärger mit
einer der
Katzen.

an anderen hab ich Ärger mit
zwei der
Katzen.

an wieder anderen mit
drei.

an manchen Tagen hab ich Ärger mit
allen vier
Katzen

und mit der
Lady:

zehn Augen blicken mich dann an
wie einen Hund.

ʃ

## *haargenau in Ordnung*

ständig stehen Streuner vor der Tür:
wir haben jetzt 5 Katzen, und die sind
ausgemergelt, kapriziös, eingebildet,
von Natur aus schlau und umwerfend
schön.

mit das Beste an Katzen ist,
wenn's einem schlecht geht, so richtig mies,
und man eine Katze sieht, die so lässig ist,
wie es Katzen eben sind,
ist das ein Lehrstück im Durchhalten trotz
aller Widrigkeiten, und
wenn man 5 Katzen zusehen kann,
ist das 5-mal besser.

wen kümmern die Dutzenden Dosen Thunfisch
aus dem Supermarkt: die sind der Brennstoff
einer
unverfälschten Würde – einer herrlichen
geschmeidigen Kraft des
YEA

vor allem, wenn alles zu
viel wird: zu viel Kopfzerbrechen über
menschliche
Belange.

## 5

Am Morgen wachten wir auf, Mann und Frau, wie so viele andere auch. Doch da war eine neue Katze, eine fünfte, ein ganz junges Kerlchen, das in der Nacht unserer Familie beigetreten war. Verängstigt vom Leben, hungrig, allein. Irgendwie hatten wir ihn noch gefüttert, betrunken, wie wir waren. Jetzt, unten auf dem Teppich, wirbelte er herum, sprang in die Luft vor Freude und ein wenig Angst vor dem, was er nicht kannte, sah uns an aus wilden gelben Augen.

Ein gutes Zeichen: ein neues Leben, so wie unseres.

Dann dachte ich, heute soll Linda Lee was anderes zu essen kriegen als den Hochzeitskäsekuchen (dessen Reste wir in den Kühlschrank gestopft hatten).

Und eines Tages werden wir all die Hochzeitsfotos ansehen und alles noch einmal durchleben, noch einmal den irren Zauber aufsaugen.

»Guten Morgen, Mrs Bukowski«, sagte ich lachend.

»Guten Morgen, mein lieber Ehemann«, antwortete Linda Lee und lachte auch.

Und wir hatten diese neue Tür am Haus. Und viele weitere Türen, die sich öffnen ließen.

ʃ

*eine Katze ist eine Katze ist eine Katze ist eine Katze*

sie pfeift und klatscht
nach den Katzen
um zwei Uhr früh
und ich sitze hier drin
mit meinem Wein und meinem
Beethoven.

»die kommen schon wieder«, sag
ich zu ihr …

Beethoven klappert majestätisch mit
den Knochen.

den verdammten Katzen
ist all das
vollkommen egal.

und
wenn es ihnen nicht egal wäre
könnte ich sie auch

nicht leiden:
alles
was menschlichem
Streben
zu nahe kommt
verliert seinen natürlichen
Wert.

nichts gegen
Beethoven:

für einen Mensch
war der
nicht übel

trotzdem möchte ich
ihn
nicht auf dem Teppich haben
ein Bein über
dem Kopf und
die Zunge an
den Eiern.

ʃ

## *noch ein Opfer*

kater überfahren
jetzt silberne Schraube im kaputten
Oberschenkel
rechtes Bein
verbunden mit knallrotem
Mull

kater vom Tierarzt geholt
nur ganz kurz
nicht hingeschaut

er sauste los
zog das rote Bein
nach
und jagte die
Katze

das Dümmste, was
der Trottel
tun konnte

jetzt
sitzt er auf der Strafbank und
beißt
die Zähne zusammen.

er ist auch nicht
anders als
wir

die großen
gelben Augen,
stechend

auch er will nur
ein gutes
Leben.

*Beauty*

ʃ

## *mein Kater, der Schriftsteller*

ich sitze hier vor der
Maschine
hinter mir mein Kater
Ting
auf der Sessellehne.

jetzt
wo ich das schreibe, steigt
er in eine offene
Schublade
und weiter über diesen
Schreibtisch.

jetzt
ist seine Nase über
diesem Blatt Papier
und er sieht zu, wie ich
tippe.

dann
verdrückt er sich
und steckt die Nase in
eine
Kaffeetasse.

jetzt
ist er zurück
sein Kopf vor dem
Papier und
er
pfötelt nach dem
Farbband.

ich
drücke eine Taste
er
springt weg.

jetzt
sitzt er da und sieht mir zu beim
Tippen.
mein Weinglas und
die Flasche stelle ich
auf die andere Seite
der Maschine.

im Radio läuft schlechte
Klavier-
musik.

Ting sitzt bloß da und
beäugt
die Schreibmaschine.

glaubt ihr, er wäre gern
ein
Schriftsteller?
oder war mal einer,
früher?

ich
mag keine niedlichen Katzen-
gedichte
habe aber trotzdem eins
geschrieben.

jetzt
ist hier drin eine
Fliege
und Ting lässt sie nicht aus den
Augen.

es ist 23.45 Uhr und
ich bin
besoffen …

hey, bleibt locker, ihr habt
schlechtere
Gedichte gelesen als
das hier …

und ich hab sie
geschrieben.

ʃ

## *5 Katzen*

katze A: alte Oma, spitze Zähne, hat zu viel
erlebt, interessiert sich einen Scheiß für die
russische oder sonst irgendeine Revolution;
Harry Truman am Klavier, Lauren Bacall darauf
gepflanzt, ist ihr egal; sie ist fies, weil Überleben
manchmal
fies ist.

katze B: blasses Kerlchen, kommt mit all den
anderen zurecht und schläft nachts gern
geschmiegt
an meine Wade – an die linke, wenn ich auf
dem Rücken, die rechte, wenn ich auf dem Bauch
liege, und er hat Johnny Carson gehört und
womöglich auch gesehen
doch wie ich
lacht er nie
darüber.

katze C: der Clown, großer Kerl, riesige Augen,
hellbraun und weiß, Liebling der Katzenklinik,

die finden ihn lustig,
aber wenn er nachts rausgeht
hört man bald grässliche Schreie
aus der Dunkelheit.
eine Nachbarskatze hat er
umgebracht, eine andere verstümmelt.
kommt er zurück, hängen ihm Fellbüschel vom
Maul, zahllose Kratzer, trockenes Blut, Beulen,
aufgeschlitzter Schwanz, aufgeschlitzte Tatze,
einmal war ein Bein gebrochen, ständig muss er
in die Klinik, so oft kriegt er Verbände, rote und
weiße Bandagen, die reißt er ab, wir stopfen ihm
Antibiotika ins Maul und versuchen ihn im Haus
zu halten in der Nacht.
schopenhauer hat er nie gelesen, würde aber
tierisch auf ihn abfahren.

katze D: Mutter von B und C.
alle Katzen sind hinter ihr her, außer B.
auch Katze E, aber von Katze E hab ich noch
nichts
erzählt.
wartet's ab.
jedenfalls, Katze D kriegt von uns die meiste
Zuneigung,
ihr Leben ist derart verflucht, sie versteckt
sich immer nur
und leckt sich die schlimmen Wunden.

könnte sie lesen, stünde sie wahrscheinlich auf die
Brontë-
Schwestern.

katze E: stand eines Tages einfach vor der
Tür, pechschwarz, ein vollkommenes Tier,
jede Regung gleitet ohne Reibung durch den Raum,
er ist der Leopard, die gelben Augen blicken einen
an und sagen:
töten oder getötet werden, er ist Jahrhunderte alt,
die andern Katzen gehen ihm aus dem Weg, selbst
der große Kämpfer: C.
wegen der AUGEN, die ertragen nicht diese
AUGEN.
den zähmt keiner
trotzdem, wenn du's schaffst, ihn aufzuheben, zu
streicheln, wieder abzusetzen, folgt er dir eine
Weile schnurrend:
er dankt dir, dass du ihn nicht
umgebracht hast.
Charles Manson würde sich vor ihm in die Hose
scheißen,
und müsste er aus solchen Dingen wählen,
nähme er, wenn er mal gut
gelaunt ist, eventuell
Céline.

jedenfalls, all diese sonderbaren Haufen Leben
zeigen uns, wie allein wir sind,
ewig und doch
niemals
so.

trotzdem, wegen all der Dosen
Thunfisch
trotten wir für
A, B, C, D und E
zum Supermarkt

und auch die Angestellten dort
sind alle
anders.

*S*

Einen Haufen Katzen um sich haben ist gut. Geht's einem schlecht, schaut man bloß die Katzen an, und schon geht's einem besser, weil die wissen, dass alles eben ist, wie es ist. Kein Grund zur Aufregung. Die wissen's einfach. Die sind Erlöser. Je mehr Katzen man hat, desto länger lebt man. Wer hundert Katzen hat, lebt zehnmal länger wie einer, der zehn hat. Irgendwann kommt das raus, dann werden alle tausend Katzen haben und ewig leben. Unfassbar, ehrlich.

[…]

Das Beste ist, wenn du einen verkloppst, den du nicht verkloppen solltest, ich hab mich mal mit einem angelegt, der hatte 'ne verdammt große Klappe. Also hab ich gesagt: »Alles klar, los geht's.« Der war kein Gegner – hab ihn mühelos verkloppt. Da lag er dann auf dem Boden. Blutige Nase, volles Programm. Er sagte: »Scheiße, du bist doch so träge, Mann. Dachte, das wird leicht – dann geht die verdammte Prügelei los – und ich seh deine Hände nicht mehr, so scheiße schnell bist du. Was war da los?« Ich sagte: »Keine Ahnung, so läuft das eben.« Man spart sich's auf. Für den richtigen Moment.

Meine Katze, *Beeker,* der ist ein Kämpfer. Kriegt manchmal ganz schön aufs Maul, gewinnt aber immer. Ich hab ihm alles beigebracht, weißt du … Führen mit links, Zuschlagen mit rechts.

*Ting, Ding und Beeker*

ʃ

## *warmes Licht*

allein
heut Nacht
in diesem Haus,
allein mit
6 Katzen,
die mir ohne
Mühe
alles mitteilen
was es
zu wissen
gibt.

ʃ

## *der Traum*

ich hab geträumt ich    stand in einem Zimmer
und ein winzig kleiner Mann
trat ein.

er sagte
»ich bin der Strick-Mann    und du wirst dich
erdrosseln.«

ich sagte
»oh nein    werde ich nicht.«

»oh doch    wirst du«,
gab er zurück,
»das passiert ganz automatisch.«

vor ihm stand eine    kleine Holzspule
auf die ein Stück Seil gewickelt
war

und vor mir, da lag ein    Haufen
Seil

ich bückte mich    griff zu    wickelte es mir
um den Hals

ich wollte aufhören    aber ich
konnte nicht

ich wickelte das Seil    enger und enger    und
dann
zog ich daran    erdrosselte mich

da hörte ich meine Frau    sie schrie    schrie
*Bugger* an
eine unserer Katzen    der junge Kater, der noch
nicht kastriert ist und jeden Morgen    gegen halb
sechs geht dieser *Bugger*    auf eine unserer
Katzen los

hellwach    stand ich auf, zog *Bugger* von der
Katze weg
trug ihn die Treppe runter    öffnete die Haustür
schickte ihn sanft
nach draußen.

dann ging ich wieder rauf    ins Bett
beschloss    meiner Frau nichts von dem Traum
zu sagen    sie nahm so was
zu ernst

ich allerdings    fragte mich    wie der Traum wohl
ausgegangen wäre

vielleicht hat *Bugger* mir das Leben
gerettet

darum    beschloss ich    ihm die Eier
noch zu lassen
vielleicht    bis zum
Frühjahr.

ʃ

Du hast also einen sprechenden Kater. Ich mein, das ist schon 'ne Wucht. Und den Anrufbeantworter hört er auch ab. Ich hab 6 Katzen, und von denen spricht keine einzige auch nur Pidginenglisch. Schon mal drüber nachgedacht, ihn auf Dichterlesungen zu schicken? Stell dir nur mal vor, wie er Dantes *Inferno* vorträgt. Aber vielleicht schreibt er auch seinen eigenen Kram. Ist er kastriert? Die Ladys stehen ja drauf, mit den Dichtern rumzumachen. Das ist bekannt.

ʃ

## *ein bisschen von hier*

einhundertfünfundzwanzigtausend Trottel
stellten sich für einen Gratis-Burger in der
Hölle an und
kriegten ihn.

Henry Miller hat einem Stier einen
gewichst.

und 1889
kam Vincent in ein
Irrenhaus in
St. Rémy.

1564: Michelangelo, Vesalius,
Calvin sterben; Shakespeare, Marlowe
Galileo
kommen zur Welt.

habe gestern einen Butt gefangen
und heute
gekocht.

im Schrecken des Schreckens des
Schreckens
wirkt ein blendender Schwall
Licht:
heute Abend,
als ich die
6 Katzen reinließ,
war das so
wunderschön,
dass ich
mich
abwandte
nur ganz kurz
nach Osten
zur Wand.

*Prana*

ʃ

## *unsere Gang*

wenn's nach mir ginge, hießen unsere Katzen
Ezra, Céline, Turgenjew,
Ernie, Fjodor und
Gertrude
aber
netter Kerl, der ich bin,
ließ ich meine Frau
die Namen aussuchen
und heraus kam:
Ting, Ding, Beeker,
Bhau, Feather und
Beauty.

nicht mal ein Tolstoi
in dem ganzen miesen
Haufen.

ʃ

## *unklassische Sinfonie*

die Katze starb
mitten auf der Straße

von Reifen zerquetscht in uneitler
Pracht

nicht der Rede wert

das gilt auch für
uns

schau
weg.

ʃ

## *kriegsüberschuss*

meine Frau macht sich mehr Sorgen als ich
und als wir in so einem Laden
in den Waren stöberten, da
sagte sie: »Ich möchte Gas-
masken.«

»gasmasken?«

»ja, wegen der ganzen Speichertanks
am Hafen, wenn die bombardiert werden, gibt's
jede Menge Feuer und
Gas.«

»hab ich nie dran gedacht«, sagte
ich.

meine Frau schnappte sich einen Verkäufer und
der brachte uns wirklich zu den Gasmasken –
hässliche, sperrige
bescheuert aussehende Dinger.

der Verkäufer zeigte uns, wie sie
funktionierten.

»wir nehmen zwei«, sagte
meine Frau.

wir gingen zur Kasse.

»haben Sie auch Gasmasken für Katzen?«, fragte
meine Frau. »wir haben 5 Katzen.«

»katzen?«, fragte der Verkäufer.

»ja, was wird aus den Katzen bei einer
Explosion?«

»lady, Katzen sind was anderes als wir, die
sind eine niedere Art.«

»ich finde, Katzen sind uns überlegen«,
sagte ich.

der Verkäufer sah mich an. »wir haben keine
Gasmasken für Katzen.«

»nehmen Sie MasterCard?«, fragte
ich.
»ja«, sagte er.

der Verkäufer nahm die Karte, zog sie durch,
stellte
die Quittung aus, reichte sie mir.

ich
unterschrieb.

»haben Sie Katzen?«, fragte meine
Frau.

»kinder«, sagte er.

»unsere Katzen sind unsere Kinder«, sagte meine
Frau.

der Verkäufer tütete die Masken ein und reichte
sie
mir.

»haben Sie vielleicht auch Turnschuhe,
Größe 44–45?«, fragte ich.

»nein, Sir.«

wir gingen.

und der Verkäufer dankte
uns nicht für
unseren
Einkauf.

ʃ

## *wenn alles aussieht wie Selbstmord-endgültigkeit*

und der Schwarze Leichenwagen aus der Hölle rast
durch mich hindurch
mit platten Reifen, leckendem Kühler, und der
kopflose
Chauffeur vertickt ein Tütchen Büroklammern –
stinkende Schreie rasen wie Windhunde durch
meine Hirntüten aus Plastik
ich
sehe nach meinen 5 Katzen.
sehe nach ihren Arschlöchern
Ohren
Pfoten
Wimpern, ihren
Spalten, ihrer Klemme, ihrem Schmusen,
ihrer IBM-Elektrizität, ihren
Augen, die mitten aus dem Feuer bluten,
und sie sehen mich an
und sagen durch die Regenbogenhäute: bleib
ruhig, die See ist dein Blut, der Mond ist
eins deiner Eier – das große linke –

und dein Auto wartet geduldig in
der Garage und
sogar deine Frau
liebt dich.
du machst so ein Aufhebens um nichts, nimm dir
ein Beispiel an unserer Lässigkeit: tapfer ist schön,
 wir sind
vereint im Nichts und das ist herrlich, Juli und
Umfang sind dasselbe
und
Arschloch
du musst dich nicht mal lecken und kratzen,
eigentlich.

bis jetzt hat's
geklappt: die 5 besten Katzen
auf der Welt.

*Manx*

ʃ

Ich ging die Einfahrt rauf. Die Katzen lagen in der Gegend rum, fix und alle. Im nächsten Leben will ich eine Katze sein. 20 Stunden täglich schlafen und aufs Futter warten. Rumsitzen und mir den Arsch lecken. Menschen sind zu elend, zu wütend und zu zielstrebig.

*Craney*

ʃ

## *cooler Pelz*

eine unserer fettesten
Katzen
CRANEY
schläft auf dem Rücken
egal wo
er ist,
streckt alle viere
in die Luft.

er weiß, dass wir
niemals
auf ihn treten würden
doch er weiß nicht
wie unruhig
und lückenhaft wir
Menschen
schlafen.

und leben.

*ʃ*

## *vollziehung*

ich komm die Treppe runter und sie fragt,
»hast du ein paar Gedichtchen
geschrieben?«
»ja«, antworte ich.
ich setze mich zu ihr auf die Couch und wir
schauen beide auf den
Fernseher
es läuft David Letterman.
»alle Katzen sind drin, außer Beeker«,
sagt sie.
»ich geh mal nachsehen«, sage ich.
ich stehe auf, gehe nach draußen, klatsche
in die Hände und rufe:
»Beeker! Beeker!
hierher, Beeker!«
4 oder 5 Leute unseres Arbeiter-
viertels verfluchen mich unter
ihren Bettdecken.
Beeker schleicht an aus einem
Nachbargarten.
er klettert auf den Zaun.

er ist fett.
er lässt sich fallen, ächzt, und wir gehen
gemeinsam zur Tür,
ins Haus.
Ich schließe ab, dreh mich um und Letterman
macht Platz für
die Werbung.

*Butch*

ʃ

## *tragödie?*

der Kater hat auf meinen Computer
markiert
und jetzt ist das Ding im
Eimer.

also sitz ich wieder an der
alten
Schreibmaschine.

die hält einfach
mehr aus.
die verträgt
Katzenpisse, vergossenes Bier
und Wein,
Zigaretten- und
Zigarrenasche,
so ziemlich
jeden Mist.

erinnert mich an
mich.

willkommen zurück,
alter Junge,
zurück beim
alten Jungen.

ſ

Habt ihr eine Katze? Oder mehrere? Wie die schlafen, Baby! 20 Stunden täglich können die schlafen und sind wunderschön dabei. Sie wissen, dass es keinen Grund zur Aufregung gibt. Die nächste Mahlzeit. Ab und zu eine Kleinigkeit zum Töten. Wenn es mich mal wieder zu zerreißen droht, schau ich einfach eine oder mehrere von ihnen an. 9 Stück sind es. Ich schaue eine an, die schläft oder döst, und ich werde ruhig. Schreiben ist auch meine Katze. Schreiben lässt mich aushalten. Es kühlt mich ab. Zumindest eine Weile. Dann brennt wieder eine Sicherung durch, und ich muss von vorn anfangen. Ich verstehe Schriftsteller nicht, die das Schreiben an den Nagel hängen. Wie schalten die ab?

ʃ

Inzwischen haben wir 9 Katzen. Die Streuner kommen, und wir können sie nicht abweisen. Das kann so nicht weitergehen. Die Viecher wecken mich schon früh am Morgen, damit ich sie rauslasse. Tu ich's nicht, zerfetzen sie die Möbel. Aber es sind wunderbare, wunderschöne Tiere. Cool. Ich weiß jetzt, woher der Ausdruck »cool cat« kommt.

ʃ

## *meine Katzen*

ich weiß, ich weiß.
sie haben ihre Grenzen, haben andere
Bedürfnisse und
Interessen.

aber ich sehe ihnen zu und lerne.
ich mag das bisschen, was sie wissen,
es ist so
viel.

sie jammern, haben aber niemals
Sorgen.
sie gehen so verblüffend würdevoll.
sie schlafen auf eine unmittelbare Weise, die
wir Menschen einfach nicht
verstehen.

ihre Augen sind viel
schöner als die unseren.
und sie schlafen 20 Stunden
täglich

ohne
Zögern oder
Reue.

fühle ich mich
schlecht
muss ich bloß
meine Katzen ansehen
schon
fasse ich
neuen Mut.

ich studiere diese
Wesen.

sie sind meine
Lehrer.

## *Quellen*

Viele der in den posthumen Sammlungen veröffentlichten Gedichte unterscheiden sich – manchmal grundlegend – von den Versionen aus den Manuskripten. Im Versuch, Bukowskis Stil und Stimme möglichst authentisch wiederzugeben, beruhen die Gedichte im vorliegenden Band auf getreuen Abschriften der Originalmanuskripte. Wo ein Manuskript nicht aufzutreiben war, wurde die entsprechende Version aus einer Zeitschrift verwendet; die Herausgeber von Literaturzeitschriften griffen in Bukowskis Texte nur selten ein – wenn überhaupt – und druckten sogar von ihm nicht beabsichtigte Tippfehler.

Als unveröffentlicht geltende Gedichte sind bislang nur in unbekannten Zeitschriften mit sehr geringer Auflage erschienen, was fast dasselbe ist, als wären sie noch gar nicht veröffentlicht worden. Einige Gedichte sind zwar bereits in anderen Anthologien erschienen, waren aber noch nie in den hier abgedruckten Versionen verfügbar. Dieses Buch ist daher eine Sammlung bislang unbekannter Poesie und Prosa von Charles Bukowski.

# *Danksagung*

Verlag und Herausgeber danken den Rechteinhabern der hier abgedruckten Texte und damit folgenden Institutionen
University of Arizona, Special Collections Center
University of California, Santa Barbara, Special Collections
The Huntington Library, San Marino, California
The State University of New York at Buffalo, Poetry / Rare Book Collection
Temple University, Special Collections

Außerdem danken wir folgenden Zeitschriften, in denen einige Gedichte und Prosastücke erstmals abgedruckt wurden: *Arete, Florida Education, Hiram Poetry Review, Intermission, Raccoon, Spectroscope, Story, Targets* und *Wormwood Review.*

*Mistery*